Raymond Plante

Marilou Polaire et la magie des étoiles

Illustrations
de Marie-Claude Favreau

pour [illegible]
Bonne lecture !
Raymond Plante

la courte échelle
Les éditions de la courte échelle inc.

Les éditions de la courte échelle inc.
5243, boul. Saint-Laurent
Montréal (Québec) H2T 1S4

Conception graphique de la couverture:
Elastik

Conception graphique de l'intérieur:
Derome design inc.

Mise en pages:
Mardigrafe

Révision des textes:
Andrée Laprise

Dépôt légal, 1er trimestre 2002
Bibliothèque nationale du Québec

La courte échelle reconnaît l'aide financière du gouvernement du Canada par l'entremise du Programme d'aide au développement de l'industrie de l'édition pour ses activités d'édition. La courte échelle est aussi inscrite au programme de subvention globale du Conseil des Arts du Canada et reçoit l'appui du gouvernement du Québec par l'intermédiaire de la SODEC.

La courte échelle bénéficie également du Programme de crédit d'impôt pour l'édition de livres — Gestion SODEC — du gouvernement du Québec.

Données de catalogage avant publication (Canada)

Plante, Raymond

Marilou Polaire et la magie des étoiles

(Premier Roman; PR118)

ISBN 2-89021-563-6

I. Favreau, Marie-Claude. II. Titre. III. Collection.

PS8581.L33M369 2002 jC843'.54 C2001-941760-8
PS9581.L33M369 2002
PZ23.P52Ma 2002

Raymond Plante

Écrivain et scénariste, Raymond Plante écrit énormément, et surtout pour les jeunes. Auteur d'une trentaine de livres jeunesse, il a aussi participé à l'écriture de centaines d'émissions de télévision. Il a d'ailleurs été récompensé à plusieurs reprises pour ses oeuvres littéraires. Il a reçu, entre autres, le prix de l'ACELF 1988 pour *Le roi de rien*, publié dans la collection Roman Jeunesse, ainsi que, pour *Le dernier des raisins*, le prix du Conseil des Arts en 1986 et celui des Livromaniaques en 1988. Il a également été finaliste au prix du Gouverneur général texte jeunesse 1999 pour *Marilou Polaire et l'iguane des neiges*, paru dans la collection Premier Roman.

Auteur prolifique et amoureux des mots, Raymond Plante enseigne la littérature et donne fréquemment des conférences et des ateliers d'écriture. De plus, il participe à de nombreuses rencontres avec les jeunes dans les écoles et les bibliothèques.

Marie-Claude Favreau

Marie-Claude Favreau est née à Montréal. Elle a étudié en arts plastiques, puis en traduction. Pendant quelques années, elle a été rédactrice adjointe des magazines *Hibou* et *Coulicou*, avant de revenir à ses premières amours, l'illustration. Depuis, elle collabore régulièrement au magazine *Coulicou*. Mais, même quand elle travaille beaucoup, Marie-Claude trouve toujours le temps de dessiner, pour ses deux enfants, des vaches et d'indestructibles vaisseaux intergalactiques qui vont mille fois plus vite que la lumière.

Du même auteur, à la courte échelle

Collection Albums

Série Il était une fois...:

Un monsieur nommé Piquet qui adorait les animaux
Une Barbouillée qui avait perdu son nez

Collection Premier Roman

Véloville

Série Marilou Polaire:

Les manigances de Marilou Polaire
Le grand rôle de Marilou Polaire
Le long nez de Marilou Polaire
Marilou Polaire et l'iguane des neiges
Marilou Polaire crie au loup
Marilou Polaire sur un arbre perchée

Collection Roman Jeunesse

Série Le roi de rien:

Le roi de rien
Caméra, cinéma, tralala
Attention, les murs ont des oreilles
La fièvre du Mékong

Série Les clandestins:

Les voyageurs clandestins
Les rats du Yellow Star
La petite fille tatouée

Collection Roman+

Élisa de noir et de feu

Raymond Plante

Marilou Polaire et la magie des étoiles

Illustrations
de Marie-Claude Favreau

la courte échelle

Je dédie cette histoire à tous les Scorpion,
ainsi qu'aux Cancer, Gémeaux, Capricorne
et Verseau.
Je m'en voudrais d'oublier les Vierge,
les Sagittaire,
les Taureau et les Bélier…
et pourquoi pas les Balance et les Poissons.
Enfin, aux Lion qui rugiront si je les ignore.
Ai-je oublié quelqu'un?

1
La valise aux étoiles

Poser le pied sur une grosse gomme à mâcher juteuse. Sentir le talon de sa chaussure coller au sol. Lever la jambe et voir les fils élastiques roses s'étirer. C'est très ennuyeux! Surtout lorsqu'on s'appelle Boris Pataud et qu'on revient de l'école, un vendredi après-midi.

— Ouache! s'écrie le garçon.

À cloche-pied, il atteint le poteau de l'arrêt d'autobus.

— Tu devrais regarder où tu marches, rigole Marilou Polaire.

Boris retire son soulier. Il ne sait plus où le mettre. Et surtout comment le nettoyer.

— Ne ris pas du malheur des autres! gémit-il.

La petite fille ne l'entend pas. Elle semble hypnotisée par la découverte d'un objet mystérieux. Elle contourne le banc public.

— Qu'est-ce que tu fais? questionne le garçon.

— J'ai vu une étoile, répond Marilou en disparaissant dans une haie touffue.

— Les étoiles ne rampent pas sur le sol, reprend Boris. Si tu veux les étudier, il faut lever les yeux vers le ciel. Et attendre la nuit.

Marilou réapparaît. Elle tient à la main une petite mallette noire. On y a collé des étoiles de toutes les dimensions.

Boris Pataud est étonné.

— Une serviette pleine d'étoiles.

— Son propriétaire a dû s'asseoir sur le banc. Et sa valise aura glissé derrière.

— Ce doit être quelqu'un de distrait, affirme le garçon, en empoignant sa chaussure.

Il ne s'aperçoit pas qu'il met de la gomme au creux de sa main.

— Ou de pressé, poursuit Marilou.

Les deux amis regardent de chaque côté. Jusqu'au bout de la rue, il n'y a que des enfants. Personne à qui cette serviette pourrait appartenir.

— Si on l'ouvrait, propose le garçon.

Il dépose son soulier sur le banc. En se grattant le nez, il répand la gomme sur sa figure. Il ne s'en rend même pas compte.

Marilou a beau se briser les

doigts contre le fermoir, rien n'y fait. La mallette est verrouillée.

— Mon Papou trouvera certainement le moyen d'en venir à bout. Tu viens?

— Non, bredouille Boris Pataud en découvrant qu'il a de la gomme partout. Il faut que j'aille me débarbouiller.

La gamine file à la maison, sa trouvaille à la main.

Même avec ses doigts de bricoleur, le père de Marilou n'arrive pas à pousser le fermoir.

Marlot et sa fille fixent la mallette étoilée pendant une longue minute.

— Mon Pou, on n'a pas le choix. Il faut forcer la serrure, sinon le propriétaire ne pourra jamais récupérer cette valise. D'autant plus qu'elle contient peut-être des choses importantes.

— Comment fait-on? questionne Marilou, excitée.

Marlot fouille dans le tiroir de la commode. Il en revient avec un trousseau de petites clés. Il les collectionne depuis des années.

— Je me doutais que ça pouvait être utile, un jour.

Ils essaient les clés à tour de rôle. Aucune ne produit le déclic espéré.

— Ti-pépère! soupire Marlot Polaire. Il faut prendre les grands moyens.

Marilou frétille.

— Tu connais des trucs de cambrioleur, Papou?

— Je n'ai jamais volé personne, jure le père. Mais je sais que certains malfaiteurs font des miracles avec une épingle à cheveux.

Marilou se précipite vers la salle de bains. Elle rapporte une de ces fameuses épingles.

Marlot introduit le bout de l'objet dans la serrure.

— Un bon cambrioleur l'ouvrirait en un clin d'oeil.

Une centaine de clins d'oeil plus tard, ils entendent le déclic.

— Ça fonctionne! s'exclame Marlot, étonné de son succès.

Avant de soulever le couvercle de la mallette, le père hésite.

— Je suis gêné, mon Pou. Je n'aime pas mettre mon nez dans les affaires des autres.

— Moi, ça ne m'intimide pas du tout, réplique Marilou.

Elle pousse le fermoir et ouvre la mystérieuse valise.

Quelle déception! Elle ne contient que des cahiers reliés intitulés «Carte du ciel». Trois en tout. Ils sont adressés à Paul Jaunelaine, Arthur Rambaud et Colette Duchat. Un nom apparaît sur chaque couverture: Stella L'Heureux-Azar, astrologue.

— Elle doit être la propriétaire de la mallette, déduit Marilou.

— Très juste, approuve Marlot. Son adresse est le 19, rue Copernic. C'est à deux pas.

La petite fille hésite.

— Une astrologue, c'est quelqu'un qui écrit les horoscopes dans les journaux?

Son père n'a jamais vu le nom de Stella L'Heureux-Azar dans les journaux. Il souffle, rieur:

— Je ne sais pas la différence entre l'astrologie, l'astronomie et l'as de pique, mon Pou. Pour moi, les astrologues sont des espèces de diseuses de bonne aventure.

2
La carte du ciel

Près du bouton de la sonnette, la petite plaque est claire:

Stella L'Heureux-Azar

Astrologue

Impossible de se tromper. Marilou tient la mallette. Marlot appuie sur le bouton.

La grande femme qui les reçoit n'a pas l'allure d'une diseuse de bonne aventure. Sa tête n'est pas enveloppée d'un turban. Elle n'arbore pas une grande cape. Aucune étoile n'est coincée dans ses cheveux.

Stella L'Heureux-Azar porte une large salopette. Marilou

aperçoit même une tache de peinture verte sur le bout de son nez.

— Je repeins ma cuisine. Les pinceaux et moi, nous ne sommes pas de grands amis.

En voyant sa serviette, elle s'illumine.

— Merveilleux! Où l'as-tu trouvée?

— Derrière un banc, près de l'arrêt d'autobus de...

— Tu mérites une récompense.

— Ce n'est pas nécessaire, réplique Marilou.

Elle n'espère pas moins une tablette de chocolat, des bonbons ou une véritable surprise.

— Si, si, j'y tiens, insiste l'astrologue. Pour te remercier, je ferai ta carte du ciel. Comment t'appelles-tu?

— Marilou Polaire.

— Polaire! Comme l'étoile! s'écrie Stella.

— Comme l'ours, souligne Marilou.

— Et moi, je suis Marlot. Comme l'oiseau, ajoute le père.

Les Polaire, père et fille, accompagnent l'astrologue dans sa bibliothèque.

— Une carte du ciel, questionne la petite fille, ça sert à quoi?

— À se connaître un peu.

— Les astrologues ne prédisent pas l'avenir? s'informe Marlot.

— Parfois, nous devinons certaines choses.

— Vous n'avez pas deviné où vous aviez perdu votre valise?

La remarque de l'espiègle étonne la dame.

— Parce que Mme L'Heureux-

Azar savait que tu la rapporterais, tente d'expliquer Marlot.

— Les étoiles ne racontent pas ce genre de choses, dit Stella. Elles aident parfois à prendre des décisions. Mais ce n'est pas magique. Maintenant, j'ai besoin de la date, de l'heure et de l'endroit de ta naissance.

Bien sûr, Marilou sait à quelle date et où elle est née. Mais pour l'heure?

— Tu es née à trois heures du matin, affirme son père.

— Excellent, conclut l'astrologue. Pour te remercier, je laisse ma peinture de côté. Je vais faire des calculs très compliqués. Reviens tôt demain matin et je te remettrai ta carte du ciel.

Dans la camionnette, Marilou est encore sous le choc.

— J'espère que cette Mme L'Heureux-Bazar ne commettra pas d'erreur.

— Tu as peur qu'elle se trompe dans ses calculs, mon Pou?

— Si elle compte comme elle peint, ma carte sera pleine de taches.

* * *

Le lendemain matin, Mme L'Heureux-Azar remet à Marilou un document très compliqué. C'est une carte un peu géographique, avec des cercles, des étoiles et des signes mathématiques.

Stella explique à la petite fille ce que signifient toutes ces lignes qui se croisent.

— Tu es Cancer, ascendant Lion. Tu es donc un signe d'eau.

Marilou s'imagine qu'elle est sirène parmi les poissons. Ce qui l'intéresse davantage, ce sont les figures des constellations. Entre la Grande et la Petite Ourse, elle perçoit des mots: décans… la

Lune en maison quatre et d'autres ingrédients.

Elle comprend surtout ce que Stella affirme en guise de conclusion:

— Toi, Marilou, tu es intelligente et sensible. Tu aimes être la chef de ton groupe. Est-ce que je me trompe?

La gamine secoue la tête.

— Si tu es parfois têtue et espiègle, tu as un coeur d'or. Autrement dit, tu aimes aider les autres.

3
L'apprentie astrologue

De retour à la maison, Marilou Polaire attrape le téléphone. Elle n'a qu'une idée en tête: faire la carte du ciel de tous ses amis.

Elle rejoint facilement Boris Pataud et Ti-Tom Bérubé. À chacun, elle demande le lieu, la date et l'heure de sa naissance.

Jojo et Zaza Carboni sont absentes. Elle leur laisse un message sur le répondeur:

— Rendez-vous chez moi, dans la cour, à onze heures.

En arrivant, Boris doit retenir Charlotte sur son épaule. L'iguane essaie de croquer une des étoiles que Marilou a collées sur son sac à dos.

— Tu veux imiter l'astrologue? lance le garçon.

— Je n'imite pas Stella L'Heureux-Azar, tu sauras. Elle m'a donné des étoiles. Mais surtout… elle m'a confié des secrets.

Boris Pataud est très curieux.

— Quels secrets?

— Tu veux tout savoir avant les autres, toi!

— J'étais là lorsque tu as trouvé la valise.

Ti-Tom Bérubé s'amène en jonglant avec une balle de baseball. Lui aussi est curieux. Si Marilou est astrologue, elle confirmera qu'il deviendra un grand athlète. Qui sait, le meilleur joueur de baseball de la planète?

Enfin, les soeurs Carboni arrivent en tenant chacune un pot. Au centre de ces pots survit une pousse rachitique, rabougrie.

— On a entendu ton message, dit Zaza.

— L'astrologie peut-elle redonner vie à nos plants de haricots? poursuit Jojo.

Les soeurs Carboni n'ont vraiment pas le pouce vert. Elles

peignent des choses extraordinaires avec les couleurs. Mais leurs plants de haricots ressemblent à des squelettes fragiles. Elles sont catastrophées. Lundi, elles doivent les apporter pour le potager de l'école.

Marilou lève les yeux au ciel. Elle aura vraiment besoin de toute la magie des étoiles.

— La première chose qu'il faut, annonce-t-elle, c'est la carte du ciel. J'ai fait celles de Boris et de Ti-Tom.

— Je préférerais des cartes de baseball, réplique le costaud.

Ti-Tom Bérubé n'a décidément rien d'autre que le baseball dans la tête.

— Il n'y a pas que le sport dans la vie, lui reproche Boris.

— Il y a le dessin, l'art, souligne Zaza.

— L'horticulture, ajoute Jojo, dépitée.

— Les étoiles, affirme Marilou.

— Les étoiles, il y en a aussi dans le sport, reprend l'athlète.

Ces discussions agacent l'apprentie astrologue.

— Avec votre carte du ciel, je pourrai prédire votre avenir.

L'avenir! Marilou ne pourrait pas utiliser un mot aussi important. Soudainement, l'intérêt de ses amis s'éveille.

— Tu pourras vraiment prédire que je deviendrai un grand joueur de baseball? s'informe vous devinez qui.

— Et moi, vétérinaire? implore Boris.

— Et nous, des artistes populaires? s'écrient les soeurs Carboni.

Marilou secoue la tête.

— Vous connaissez déjà votre avenir. Moi, je vous dévoilerai ce que vous vivrez au cours des prochaines heures. C'est mille fois plus amusant.

Ses amis regardent Marilou de travers. Surtout Boris.

— Tu te prends pour une diseuse de bonne aventure.

— Une grande amie des étoiles, riposte l'astrologue en herbe. Tu aimes les animaux, mais tu ne comprends rien aux astres.

Le garçon croise les bras. Charlotte se cramponne à son oreille.

— J'attends ta prédiction.

La petite fille ne se fait pas prier. Elle étale les cartes du ciel de Ti-Tom et de Boris. Ces deux documents sont joyeusement barbouillés. Marilou est un peu perdue dans les étoiles, les constellations, les maisons. Mais elle ne manque pas d'aplomb.

— Je commence par Ti-Tom Bérubé, murmure-t-elle. D'après mes calculs, cet après-midi, tu joueras un match du tonnerre.

— Wow! s’écrie le garçon, qui imagine plein de coups de circuit.

L’excitation du sportif énerve Boris.

— Et moi?

Marilou fixe son dessin plein d’étoiles et de bariolages.

— Jusqu’à demain, tu dois te méfier des peaux de banane.

— Des peaux de banane?

— Les peaux de banane, insiste Marilou. En d’autres mots: regarde où tu mets les pieds.

4
Tonnerre et peaux de banane

Au milieu de l'après-midi, Marilou et les soeurs Carboni se rendent au parc des Hirondelles. Dès qu'il les aperçoit, Ti-Tom Bérubé leur envoie la main.

Le garçon croit aux prédictions de Marilou. Il est déjà un as du baseball. C'est avec fierté qu'il porte son costume des Castors.

Le match va commencer. M. Moreau, qui a un menton proéminent en forme de patate, est l'arbitre. Il donne la balle au lanceur des Bisons. Ce dernier affronte le premier frappeur.

Avec cinq minutes de retard, Boris s'amène. Le garçon marche si courbé que, sur son dos, Charlotte s'agrippe tant bien que mal. Son iguane ne le comprend plus. Les soeurs Carboni non plus.

— Tu cherches un trèfle à quatre feuilles? le taquine Zaza.

— Je surveille les peaux de banane. Je ne veux pas mettre le pied sur une de ces pelures et me casser la bobine.

Boris ne remarque pas le sourire qui illumine le visage de Marilou Polaire. Pas plus que le nuage noir qui roule au-dessus de sa tête.

En une minute, le parc des Hirondelles s'assombrit. Et ce n'est pas tout. Le tonnerre se met à gronder. Il suffirait d'un petit soupir et la pluie tomberait.

Qui peut bien soupirer? Peut-être est-ce Ti-Tom qui, un bâton de baseball sur l'épaule, examine le ciel? Il sait, lui, que l'on ne joue pas au baseball sous la pluie.

Et des grosses gouttes s'aplatissent sur le terrain. Dans le ciel, les éclairs fusent. Le tonnerre les accompagne. Les joueurs courent vers les abris. Les quinze spectateurs les rejoignent.

— J'étais prêt à cogner vingt coups de circuit, marmonne le

costaud. Tu m'as fait une drôle de prédiction, Marilou Polaire.

Marilou est penaude. Elle aurait tellement aimé que Ti-Tom soit content. Plié en deux, Boris Pataud s'amène après tout le monde. Il est trempé jusqu'aux os.

— Pourquoi as-tu mis autant de temps? demande Jojo.

— Il surveillait les peaux de banane, se moque Zaza.

M. Moreau monte sur un banc.

— Mes amis, hurle-t-il pour être entendu malgré le tonnerre. Le match n'aura pas lieu. Nous ne sommes pas des canards.

Ti-Tom est fâché. Il lance sa casquette par terre.

— Toi et tes promesses, Marilou!

Son amie le regarde.

— Je t'avais dit que tu jouerais un match du tonnerre. Je me suis trompée à moitié. Le tonnerre est là. Malheureusement, c'est lui qui a gagné.

De toute manière, le groupe peut se consoler. Avec sa camionnette, Marlot, qui passe par là, offre de les reconduire.

Le soir, à l'heure où Marilou termine les cartes du ciel de Jojo et de Zaza, Boris l'appelle.

— Tu prédis n'importe quoi, Marilou.

— Pourquoi?

— Je vais me coucher et je n'ai mis le pied sur aucune peau de banane.

— C'est normal. Tu as surveillé toute la journée. C'est ce qu'il fallait.

La réponse ne convainc pas le maître de Charlotte. Marilou, elle-même, sait qu'elle n'a pas démontré le pouvoir des étoiles. Elle jure donc que, le lendemain, elle fera une étonnante prédiction aux soeurs Carboni.

5
Les pots des soeurs Carboni

Le dimanche matin, lorsque Marilou se présente devant ses amis, Boris et Ti-Tom ont les bras croisés. Ils boudent.

— Que promets-tu à Jojo et à Zaza? marmonne Boris.

Marilou a mûri sa réponse. Elle attendait cette question de pied ferme. Même Jojo et Zaza esquissent un sourire moqueur quand elle ouvre son sac plein d'étoiles.

— Pour vous, le ciel est compliqué, avoue l'apprentie astrologue.

— On s'en doutait! réplique Zaza.

— Si tu nous annonces que nous allons chez notre grand-mère, c'est déjà décidé, ajoute Jojo. On s'y rend, cet après-midi.

Boris est déçu.

— Ah non! On ne pourra pas vérifier les prédictions de Marilou.

Marilou attrape un biscuit en forme d'étoile. Elle le fixe attentivement.

— Quand vous voudrez savoir ce qui se passe, vous me le demanderez.

Ti-Tom Bérubé demeure curieux.

— Ne te fâche pas. Dis-le ce qui attend les soeurs Carboni.

En deux temps trois mouvements, les cartes du ciel sont déployées sur la table.

— J'aperçois des arbres, mais surtout des plantes. Elles poussent abondamment. Il y a un géant vert… non, des coquelicots. Je me trompe, je vois des plants de haricots.

— Ils doivent être fanés, souligne Zaza.

— Les nôtres ne sont plus que des chicots, renchérit Jojo.

— Justement.

Marilou pointe quelques étoiles sur la carte, deux barbots et des calculs.

— La Lune est dans la petite cabane du jardin.

— La cabane du jardin? s'étonne Boris.

— La Maison de la Flore, si tu préfères. Ça signifie du succès en jardinage.

Les soeurs Carboni championnes des haricots? C'est

comme si on annonçait qu'elles deviendront boxeuses ou astronautes. Ti-Tom, Boris et les soeurs éclatent de rire.

Marilou accuse le coup. Elle emprunte un air mystérieux. Elle sort de sa poche deux étoiles découpées dans du carton.

— Avant de partir chez votre grand-mère, mettez une de ces étoiles dans la terre de chaque pot. Puis arrosez vos plants. Laissez-les dehors. L'air frais leur fera du bien.

— Et personne n'aura l'idée de vous les voler, se moque Boris.

La situation est certainement drôle. Cela n'empêche pas Jojo et Zaza de croire en leur bonne étoile. Elles acceptent les étoiles de Marilou et rentrent chez elles.

Au moment de leur départ, elles enterrent les cartons. Puis elles arrosent consciencieusement leurs chicots de haricots. Elles les sortent sur le balcon.

Seul petit problème: il s'agit du balcon du deuxième étage. Ça, Marilou ne l'avait jamais prévu.

6
Cinquante-six étoiles

Au milieu de l'après-midi, Marilou met son plan à exécution. Si Boris Pataud et compagnie s'imaginent qu'elle est une mauvaise astrologue, ils se trompent. La petite espiègle est prête à se sacrifier pour le prouver.

Elle attrape ses propres pousses de haricots. Elle les cache dans un grand sac et se rend à la demeure des Carboni.

Jojo et Zaza avaient raison. La petite voiture de Carmina, leur mère, n'est pas garée dans l'entrée. Marilou contourne la maison.

Dans la cour arrière, elle constate que les plants rachitiques n'y sont pas. La petite fille lève alors les yeux.

— Ah non! s'écrie-t-elle, elles ont placé les pots sur le balcon du deuxième étage. Quelle idée!

Les astrologues ont des pouvoirs, mais pas celui de voler. Même si le balcon n'est pas très haut, Marilou ne peut l'atteindre.

Elle regarde autour d'elle. Il y a une chaise longue sur laquelle s'étend un épais coussin.

«Une chaise haute serait beaucoup plus utile, pense Marilou. Mais les soeurs Carboni n'ont plus l'âge d'en utiliser.»

Il y a également une chaise de jardin. En la plaçant par-dessus la chaise longue…

L'espiègle tente le coup. Ce n'est pas encore assez haut.

Elle aperçoit un gros pot de grès. Même s'il est vide, il est lourd et pas facile à transporter. Marilou y parvient après cinquante et un efforts.

Pendant un moment, elle observe sa pyramide vacillante. Elle remplit ses poumons d'air et se met à grimper.

Les astrologues pratiquent-ils l'alpinisme? Marilou n'imagine pas Mme L'Heureux-Azar suspendue au bord d'une crevasse. Cela ne l'empêche pas de poursuivre son ascension.

Après être montée sur la chaise longue, ce qui était facile, elle prend place sur la deuxième. C'est plus téméraire.

Maintenant, elle lève la jambe, la dépose sur le pot de fleurs à l'envers. Elle soulève l'autre

jambe. Enfin, ça y est. Ses mains atteignent le garde-fou du balcon. Encore un effort et elle pourra se hisser…

— Aïe! Une cambrioleuse!

La grosse voix tonne dans la tête de Marilou. Aussitôt, elle lâche prise. Elle dégringole. Elle tombe sur le dos. Par une chance inouïe, elle rebondit sur le gros coussin de la chaise longue.

Marilou Polaire, l'astrologue acrobate, contemple les cinquante-six étoiles qui tournent autour de sa tête.

7
L'étoile du shérif

Marilou Polaire n'est pas morte. Juste un peu étourdie. Elle garde les yeux fermés. Elle n'ose pas les ouvrir. Qui est donc ce type à la grosse voix?

— Moi, les cambrioleuses, je les mets en cellule!

Entre les étoiles, cette voix n'est pas aussi grosse qu'elle l'avait cru. En ouvrant un oeil, Marilou aperçoit Charlotte. L'iguane est perché sur l'épaule de son maître. Et son maître est Boris Pataud.

— Je le savais que tu nous jouerais un autre de tes tours.

— Tu m'as suivie?

— Ouais, répond le garçon. Marilou Polaire, tu n'es pas plus une astrologue que Charlotte est un dragon.

Il rigole.

— Et toi, tu n'es pas un shérif, Boris. Tu ne portes pas d'étoile.

— Maintenant que je connais la vérité, je raconterai à tout le monde que tu as triché.

Marilou tente de se lever. Elle est encore étourdie.

— Avant de devenir la plus grande pie de la ville, tends-moi donc la main.

Boris aide Marilou à se remettre debout. Charlotte frétille de la queue.

— Je préfère être une pie qu'un menteur.

— Je ne sais pas si tu es menteur, Boris, mais je te conseillerais d'aller jouer plus loin. Ce serait mesquin que tu gâches mon plan juste en me surveillant.

— Tu te penses trop bonne!

— Et toi, trop fin!

Boris Pataud et la petite fille pourraient s'invectiver pendant trois ou quatre heures. Mais Charlotte se blottit sous le chandail du garçon. Les iguanes n'apprécient pas les conversations inutiles.

Alors Marilou s'adoucit.

— D'accord. Tu crieras sur tous les toits que je ne suis pas une véritable astrologue. Avant, je te demanderais une chose: est-ce que tu as le sens de l'amitié?

Boris est méfiant. Marilou réussit tellement d'entourloupettes!

— Qu'est-ce que tu veux dire?

— Au lieu de raconter tes exploits d'espion, aide-moi à grimper sur le balcon. Je veux que Jojo et Zaza s'imaginent qu'elles ont réussi à faire pousser leurs plants de haricots.

— Et pourquoi, Mme Polaire?

— Ça leur fera un petit bonheur. Ce n'est pas sorcier. C'est pour cette seule raison que les gens croient aux étoiles, pour obtenir des petits bonheurs.

Boris est songeur. Charlotte lui chatouille l'oreille. À sa manière, elle lui signifie quelque chose. Alors Boris hoche la tête.

— Qu'est-ce qu'on fait?

— D'abord, la courte échelle.

Grâce à toi, je monterai sur le balcon.

Le garçon joint ses mains et les place devant lui. Marilou y installe son pied. Pour se faire légère comme une plume, elle se donne un élan. Elle atteint les barreaux du garde-fou. Afin de

s’élever encore, elle pose son autre pied sur la tête de Boris.

Et elle réussit. Debout sur le balcon, elle lance les petits plants à son ami. Ensuite, elle y place ses propres pots.

Pour redescendre, Boris tente de l’attraper. Il n’est pas le plus costaud. Les deux amis roulent sur le gros coussin de la chaise longue. Par bonheur, ils ne voient pas trop d'étoiles.

En revenant à la maison, Marilou entraîne Boris par la rue Copernic. Devant le 19, ils s'arrêtent.

— C'est ici qu'habite Mme L'Heureux-Azar.

— Elle est là?

— Viens!

Marilou et Boris font le tour de la maison. Dans la cuisine, ils aperçoivent l'astrologue. Elle fait du sucre à la crème. Le mur derrière elle est toujours à moitié peint.

8
Sous une bonne étoile

Le soir même, Marilou Polaire reçoit un appel de Jojo Carboni.

— Marilou, tu sais quoi?

— Non.

— Tu es une championne. Nos plants de haricots ont poussé.

Le lendemain, elles apportent leurs pousses à l'école. Elles sont fières de les déposer sur le bord de la fenêtre parmi les autres.

En revenant de l'école, Marilou a une idée.

— Voulez-vous faire la connaissance de Stella?

— Celle qui t'a appris les trucs d'astrologie? demande Jojo.

— Oui, répond Marilou.

Boris la regarde, l'oeil rieur. Pour une fois, il ne dira rien.

Ti-Tom, Boris, les soeurs Carboni et Marilou Polaire sonnent à la porte de l'astrologue.

Elle leur ouvre. Elle porte sa salopette. Son visage foisonne de gouttes de peinture.

— C'est gentil d'amener tes amis, Marilou. Comme tu le constates, je tente encore de peindre la cuisine. Je n'y arrive vraiment pas.

— Justement, je voulais vous présenter des spécialistes. Jojo et Zaza Carboni.

Une cuisine à peindre, rien ne comble davantage les soeurs Carboni. Au bout d'un moment, elles offrent de repeindre la maison au complet.